# Meus poemas não mudarão o mundo

Patrizia Cavalli



jabuticaba

TRADUÇÃO: CLÁUDIA T. ALVES

**Dados Internacionais de Catalogação na Publicação (CIP) de acordo com ISI**

C377m Cavalli, Patrizia

Meus poemas não mudarão o mundo / Patrizia Cavalli ; traduzido por Cláudia T. Alves. - São Paulo : Edições Jabuticaba, 2021.
126 p. ; 14cm x 21cm.

Tradução de: Le mie poesie non cambieranno il mondo
Inclui índice.
ISBN: 978-65-00-18613-0

1. Literatura italiana. 2. Poesia. I. Alves, Cláudia T. II. Título.

2021-1270 CDD 851
CDU 821.131.1-1

**Elaborado por Vagner Rodolfo da Silva - CRB-8/9410**

**Índice para catálogo sistemático:**
1. Literatura italiana : poesia 851
2. Literatura italiana : poesia 821.131.1-1



Tradução: Cláudia T. Alves
Revisão: Tiaia Tavares e Marcelo F. Lotufo
Design miolo: Marcelo F. Lotufo
Imagem da capa: monotipia mokulito sobre papel japonês de Helena Freddi
Design capa: Bruna Kim

ISBN 978-65-00-18613-0
9 786500 186130

Edições Jabuticaba
www.ediçõesjabuticaba.com.br
www.facebook.com.br/Edjabuticaba
Instagram: @livrosjabuticaba

# ÍNDICE

# Meus poemas não mudarão o mundo

Para Elsa

A Elsa

Alguém me disse
é claro que meus poemas
não mudarão o mundo.

Eu respondo claro que sim
meus poemas
não mudarão o mundo.

Qualcuno mi ha detto
che certo le mie poesie
non cambieranno il mondo.

Io rispondo che certo sì
le mie poesie
non cambieranno il mondo.

Eternidade e morte juntas me ameaçam:
nenhuma das duas conheço,
nenhuma das duas vou conhecer.

Eternità e morte insieme mi minacciano:
nessuna delle due conosco,
nessuna delle due conoscerò.

Nem morte nem loucura irá me segurar:
um tremor das veias talvez
uma aguda risada, um entupimento
do sangue, uma embriaguez limitada.

Né morte né pazzia mi prenderà:
un tremore delle vene forse
un'acuta risata, un ingorgo
del sangue, un'ebbrezza limitata.

A certa altura de seu agudo desenrolar,
se enchiam de verde os olhos do gato,
espelho brevíssimo e atento
das árvores e da grama. E repetia o gesto
sem conhecer seu esplendor.

In un punto del loro acuto svolgersi
s'empivano di verde gli occhi del gatto,
specchio brevissimo e attento
degli alberi e dell'erba. E ripeteva il gesto
senza saperne lo splendore.

Para descansar
penteio os cabelos
quem fez fez
e quem não fez fará.

Atrás da garrafa
os bigodes da gata,
as referências
amanhã as darei.

Agora me olho no espelho
e visto o chapéu,
espero visitas espero
o som da campainha.

Olhos castanhos belos e adormecidos...

Mas de amor
não quero falar,
amor eu quero
somente fazer.

Per riposarmi
mi pettino i capelli,
chi ha fatto ha fatto
e chi non ha fatto farà.

Dietro la bottiglia
i baffi della gatta,
le referenze
le darò domani.

Ora mi specchio
e mi metto il cappello,
aspetto visite aspetto
il suono del campanello.

Occhi bruni belli e addormentati...

Ma d'amore
non voglio parlare,
l'amore lo voglio
solamente fare.

Vou à casa de amigos vou ao jantar
vou assim minha dor consolar.

Andrò dai miei amici andrò a cena
consolerò cosí la mia pena.

Devo fingir vulgaridade e traição
para me acomodar no sofá
para trocar olhares; explicando
as treze pregas de um pensamento
decifro a astuta sentença que cai
sobre minhas palavras sentimentais que digo
que digo fingindo até o amor
e na ficção reconheço o ponto perfeito
o único possível da certeza.

Devo fingere volgarità e tradimento
per accomodarmi sul divano
per ricambiare sguardi; spiegando
le tredici pieghe di un pensiero
decifro l'accorta sentenza che scende
sulle mie sentimentali parole che dico
che dico fingendo anche l'amore
e nella finzione riconosco il punto perfetto
l'unico possibile della certezza.

Entre todas as caçadoras
a mais bela. Um papel
de bala como um passarinho
sem sangue. Mas ela sabe
que a homenagem é régia,
a cavaleira impune.

Di tutte le cacciatrici
la piú bella. Una carta
di caramella come un uccellino
senza sangue. Ma lei sa
che l'omaggio è regale,
la cavaliera impunita.

Mesmo quando parece que o dia
passou feito asa de andorinha,
como um punhado de pó
lançado que não é possível
recolher e a descrição
o relato não encontram necessidade
nem escuta, há sempre uma palavra
uma palavrinha a dizer
quem sabe para dizer
que não há nada a dizer.

Anche quando sembra che la giornata
sia passata come un'ala di rondine,
come una manciata di polvere
gettata e che non è possibile
raccogliere e la descrizione
il racconto non trovano necessità
né ascolto, c'è sempre una parola
una paroletta da dire
magari per dire
che non c'è niente da dire.

Mas por favor com leveza
me conte todas as coisas
até a sua tristeza.

Ma per favore con leggerezza
raccontami ogni cosa
anche la tua tristezza.

A perfeição do primeiro e verdadeiro mal
não conhece concessões nem descansos.
Covarde e maldita se apresenta
se leio um livro se olho pela janela,
se encontro amigos se atendo o telefone
e sobretudo ela se aproveita
do silêncio dos feriados.

La perfezione del primo vero male
non conosce permessi né riposi.
Vigliacca e maledetta si presenta
se leggo un libro se guardo alla finestra,
se incontro amici se rispondo al telefono
e soprattutto si approfitta
del silenzio dei giorni di festa.

De arranhão tornar-se abismo,
de frágil membrana tornar-se
a corda estirada das vibrações inconstantes.

Começa a estação das grandes caças
como Águia Real, e a rosa
verá suas pétalas caírem
uma a uma.

Da scalfittura diventare abisso,
da fragile membrana diventare
la corda tesa delle vibrazioni incostanti.

Comincia la stagione delle grandi cacce
da Aquila Reale, e la rosa
guarderà i suoi petali cadere
ad uno ad uno.

Se de mim não falo
e não me escuto
acontece então
que me confundo.

Se di me non parlo
e non mi ascolto
mi succede poi
che mi confondo.

E a febre incapaz de se consumar
se adensa em um gesto suspenso
de qualquer acabamento. E às vezes
recebo visitas.

E la febbre incapace a consumarsi
si addensa in un gesto sospeso
da ogni compimento. E qualche volta
ricevo visite.

As notas que desenhou em meu caderno
e a clave de violino e a chave dupla
e a chave tripla. Sempre para você
um novo caderno. De quantas folhas
você precisa? Entalhou minha mesa
esculpiu minha estante; mas não mais
arqueiros em traje de guerra, apenas
sinais distraídos. E deverá reunir
com paciência pequenos minutos para que possa
compor uma hora.

Le note che disegnasti sul mio quaderno
e la chiave di violino e la doppia chiave
e la tripla chiave. Sempre per te
un nuovo quaderno. Di quanti fogli
hai bisogno? Hai intarsiato la mia scrivania
scolpito il mio scaffale; ma ora non piú
arcieri in costume da guerra, soltanto
segni distratti. E dovrai raccogliere
con pazienza piccoli minuti perché tu possa
comporre un'ora.

Antes quando ia embora sempre esquecia
seu perfume, o lenço mais bonito,
as calças novas, os presentes para os amigos,
as luvas, as botas e o guarda-chuva.
Dessa vez você deixou
um par de calcinhas
amarelo porto-rico.

Prima quando partivi dimenticavi sempre
il tuo profumo, il fazzoletto piú bello,
i pantaloni nuovi, i regali per gli amici,
i guanti, gli stivali e l’ombrello.
Questa volta hai lasciato
un paio di mutande
giallo portorico.

Rirei falarei mal
contarei mentiras.
E amanhã já terei esquecido.

Riderò sparlerò
racconterò bugie.
E domani l'avrò già dimenticato.

Continua como antes a vida
com gente em pé, sentada,
e que caminha.

Seguita la vita come prima
con gente in piedi, seduta,
e che cammina.

Vou para guerra deixando uma cidade
sem deixá-la; simulo a eternidade
carregando junto às malas
dois sobretudos.

Vado in guerra lasciando una città
senza lasciarla; simulo l'eternità
portando assieme alle valigie
due cappotti.

A educação consente comer
com educação e consente
outras coisas; mas se quiser voar
asas, você tem ou não tem.

L’educazione permette di mangiare
con educazione e permette
altre cose; ma se vuoi volare
le ali si hanno o non si hanno.

Por vezes um silêncio pode ser
aparência de pensamentos mais vastos
que não podem se abrir
à cadência de uma voz cotidiana.
Mas este não é o seu caso,
minha querida: seu caso é somente
total falta de alegria.

Qualche volta un silenzio può essere
apparenza di piú vasti pensieri
che non possono aprirsi
alla cadenza di una voce giornaliera.
Ma questo non è il tuo caso
cara mia: il tuo caso è soltanto
totale mancanza di allegria.

Se você não pudesse mais atender
o telefone e dizer "alôô",
se não fosse mais a jantares
obedecendo dócil a ritos protocolares...
pense, pense! Conseguiria pensar nisso?

Se tu non potessi piú rispondere
al telefono e dire “prontoo”,
se non andassi piú a cena
ubbidendo docile allo schema...
pensa, pensa! Riusciresti a pensarlo?

A maldição que estava reservada a você
como uma valiosíssima dádiva, perjura
distante, já não é mais somente sua.
Desde ontem, da tarde de visitas
inútil delírio, foi transferida
a todo aspecto dito humano.

La maledizione che era a te riservata
come un pregiatissimo dono, spergiura
lontana, ora non è piú soltanto tua.
Da ieri, del pomeriggio di visite
inutile delirio, si è trasferita
ad ogni cosiddetto umano aspetto.

Quando procuro o som
do anel contra um corrimão,
me responde uma vertigem.

(... então sem mais anéis
minhas mãos de volta ao primeiro grito
ao nascer, atadas
pela pura embriaguez de poder
pousar sobre o braço de uma cadeira,
sobre os joelhos cruzados).

Quando ricerco il suono
dell'anello contro una ringhiera,
mi risponde una vertigine.

(... allora senza piú anelli
le mie mani tornate al primo grido
della nascita, fasciate
della sola ebrezza di potersi
posare sul bracciolo di una sedia,
sulle ginocchia incrociate).

Que me importa seu nariz inchado.
Eu tenho de limpar a casa.

Che m'importa del tuo naso gonfio.
Io devo pulire la casa.

E quem ainda poderá dizer
que não tenho coragem, que não ando
com os outros e que não me apaixono?
Fiquei numa fila por quase
meia hora hoje no correio;
percorri toda a fila passo
a passo, farejei
odores atrozes de machos
de velhos e também de mulheres, senti
mãos tocarem minha bunda empurrarem
meu quadril. Reconheci
a náusea e a deixei lá
onde estava, meu corpo
se encheu de suor, beirei
uma pneumonia. Não se trata de amor
por mim, mas de horror pelos outros
onde eu me reconheço.

E chi potrà piú dire
che non ho coraggio, che non vado
fra gli altri e che non mi appassiono?
Ho fatto una fila di quasi
mezz'ora oggi alla posta;
ho percorso tutta la fila passetto
per passetto, ho annusato
gli odori atroci di maschi
di vecchi e anche di donne, ho sentito
mani toccarmi il culo spingermi
il fianco. Ho riconosciuto
la nausea e l'ho lasciata là
dov'era, il mio corpo
si è riempito di sudore, ho sfiorato
una polmonite. Non d'amor di me
si tratta, ma orrore degli altri
dove io mi riconosco.

Não tenho sêmen para espalhar pelo mundo
não posso inundar os mictórios nem
os colchões. Meu sêmen avaro de mulher
é muito pouco para ofender. O que posso
deixar pelas ruas pelas casas
pelos ventres infecundados? As palavras
muitíssimas palavras
mas já não se parecem comigo
se esqueceram da fúria
e da maldição, se tornaram donzelas
um pouco mal faladas talvez
mas sempre donzelas.

Non ho seme da spargere per il mondo
non posso inondare i pisciatoi né
i materassi. Il mio avaro seme di donna
è troppo poco per offendere. Cosa posso
lasciare nelle strade nelle case
nei ventri infecondati? Le parole
quelle moltissime
ma già non mi assomigliano piú
hanno dimenticato la furia
e la maledizione, sono diventate signorine
un po' malfamate forse
ma sempre signorine.

Vai me dar a mão vai me dizer:
"até mais querida a gente se vê".

Mi darà la mano mi dirà:
"ciao bella ci vediamo".

No cesto de roupa suja
reconheço o verão,
as calças leves as camisetas.

Eu estava com muita pressa de partir
para poder ficar e limpar
os vestígios da corrida.

Nel cesto della biancheria sporca
riconosco l'estate,
i pantaloni leggeri le magliette.

Avevo troppa fretta di partire
per potermi fermare a ripulire
le tracce della corsa.

Ouvir dizer que a vida é dura
é realmente uma coisa de rua.

Sentirsi dire che la vita è crudele
è proprio una cosa da marciapiede.

Não posso mais olhar pela janela
e a cada táxi que passa estremecer.

Não posso mais exercitar os ouvidos
para o único som afetuoso que conheço:
a dupla batida da porta que se abre.

Não posso mais investigar qual é o vestido
que você colocou, se é para trabalhar
ou para ir conquistar.

Non posso piú guardare alla finestra
e per ogni taxi che passa sussultare.

Non posso piú esercitare le orecchie
per l'unico suono caro che conosco:
il doppio battito della porta che si apre.

Non posso piú indagare qual è il vestito
che ti sei messa, se è per lavorare
o per andare a conquistare.

Dá para sentar e esperar
até que as ruas se esvaziem.
Daí caminhar entre os outros
estudando um motivo para isso.
Ontem foi porque precisava comer,
pizza croquete e uma mesa de canto
um espelho discreto adiante.
Usei todos os guardanapos
usei todos me precipitei
na gordura. Protelando as necessidades
roubava cinco minutos com um cigarro.

Si può sedere ed aspettare
che le strade si sgonfino.
Poi camminare tra gli altri
studiando un motivo per farlo.
Ieri fu quello di dover mangiare,
pizza supplí e un tavolo a muro
uno specchio discreto davanti.
Consumai tutti i salviettini
li consumai tutti precipitai
nell'unto. Protraendo le necessità
rubavo cinque minuti con una sigaretta.

Como lentamente subirei as escadas
para não chegar muito cedo
ao sono que vai me arrebatar
dos enganos de um dia
cultivado para mim entre ruas e palavras.

Come lentamente salirò le scale
per non giungere troppo presto
a quel sonno che mi rapirà
agli inganni di una giornata
cresciuta per me fra strade e parole.

Surpresa eu procurava as razões
daquele sonho que foi prazer de beijos.
Mas logo chegou o meu rival
de todas as noites o meu rival
e sem esforço como coisa sua
tirou de mim
a rara prisioneira.

Stupita cercavo le ragioni
di quel sogno che fu piacere di baci.
Ma presto giunse il mio rivale
di tutte le notti il mio rivale
e senza sforzo come cosa sua
sottrasse a me
la rara prigioniera.

Mas era mesmo minha
aquela voz que saía
sem fantasia?

Ma era proprio mia
quella voce che usciva
senza fantasia?

E sempre terei de partir
e fazer as malas
e permitir ao meu pouco corpo
uma corrida que não lhe cai bem
e prolongar os enganos e demente
perseguir todas as histórias mesmo aquelas
que teriam preferido um silêncio.
Mas valiosas são as partidas
ainda que muitas vezes um incômodo as consuma.

E sempre dovrò partire
e fare i bagagli
e permettere al mio poco corpo
una corsa che non gli si addice
e prolungare gli inganni e demente
rincorrere tutte le storie anche quelle
che avrebbero preferito un silenzio.
Ma valorose sono le partenze
anche se un imbarazzo spesso le consuma.

Tarde virá
me mostrar mais densos
os sinais de seu rosto
que eu gostaria de cobrir com tinta preta
como a contar a história de muitas traições.

Tardi verrà
a mostrarmi piú densi
i segni del suo volto
che vorrei passarli con inchiostro nero
come a dire la storia di molti tradimenti.

É verdade às vezes
você se ausenta quase se adormenta:
como um menino aborrecido
que olha o teto
quando é repreendido.

È vero qualche volta
ti assenti quasi ti addormenti:
come un bambino svogliato
che guarda il soffitto
quando viene sgridato.

again again again
faça-o de novo.

again again again
fallo di nuovo.

De seu silêncio sou invejosa
e de como se apoia em uma sacada
deixando à luz os seus milagres.
Pareceria um bailarino desmemoriado
se por vezes não sorrisse
como a se desculpar por tanta beleza.

Del suo silenzio io sono invidiosa
e di come si appoggia a un davanzale
lasciando alla luce i suoi miracoli.
Sembrerebbe un ballerino smemorato
se qualche volta non sorridesse
come a scusarsi di tanta bellezza.

Olhos meus esperem e observem.
Corpo meu corpo não fuja
para casa entre um carro
e um muro, nunca mais roube
o último som do grupo de garotos
parados na praça: não é do próximo
massacre que estão falando
mas do próximo filme que irão ver.

Occhi miei aspettate e guardate.
Corpo mio corpo non fuggire
verso casa tra una macchina
e un muro, non rubare mai piú
l'ultimo suono dal gruppo di ragazzi
fermi sulla piazza: non della prossima
strage stanno parlando
ma del prossimo film che vedranno.

Descarada desperdiçada engordada
você se sentava desmesurada
a contar suas doenças.

Sfacciata sprecata ingrassata
sedevi smisurata
a raccontare le tue malattie.

Porque tinha uma folha de papel
e um lápis, acreditava que
a imagem te alcançaria.
Mas seu maior gesto
foi me apagar, levar-me de volta
ao limbo de onde eu saíra.

Já eu, depois das veias
da mão e como
da camisa o braço
se descobria, acrescentei
as sobrancelhas ao meu desenho
no pequeno voo
que te confunde o rosto.

Perché avevi un foglio di carta
e una matita, credevi che
l'immagine ti sarebbe riuscita.
Ma il gesto tuo piú grande
fu cancellarmi, riportarmi
nel limbo da cui ero uscita.

Invece io, dopo le vene
della mano e come
dalla camicia il braccio
si scopriva, aggiunsi
le sopracciglia al mio disegno
nel piccolo volo
che ti confonde il viso.

No jardim recém umedecido
um banco recém desequilibrado
uma fúria recém adormecida.

Tenebroso com a capa
(seria uma manta, uma coberta,
uma prega de ameaça?)

Escadas para descer. E se ao contrário
tomasse outro caminho,
se ao contrário de refazer o percurso
inventasse uma cambalhota?

Na fonte refresquei
a boca, a testa e os pulsos
e fresca fresquinha comecei uma frase.

Nel giardino appena inumidito
un sedile appena sbilanciato
una furia appena addormentata.

Tenebroso con la giacca
(sarà un mantello, una coperta,
una piega di minaccia?)

Scale per discendere. E se invece
prendessi un'altra strada,
se invece di ricopiare il percorso
inventassi una capriola?

Alla fontana mi rinfrescai
la bocca, la fronte e i polsi
e fresca fresca cominciai una frase.

Mas antes é preciso se livrar
da avareza exata que nos produz,
que me produz sentada
no canto de um bar
esperando com paixão empregatícia
o momento exato no qual
a chama azul dos olhos
opostos aos olhos acostumados
ao risco, calculada a trajetória,
pretenderá um rubor
no meu rosto. E um rubor obterá.

Ma prima bisogna liberarsi
dall'avarizia esatta che ci produce,
che me produce seduta
nell'angolo di un bar
ad aspettare con passione impiegatizia
il momento preciso nel quale
il focarello azzurro degli occhi
opposti degli occhi acclimatati
al rischio, calcolata la traiettoria,
pretenderà un rossore
dal mio viso. E un rossore otterrà.

Os marroquinos com tapetes
parecem santos e pelo contrário
são comerciantes.

I marocchini con i tappeti
sembrano santi e invece
sono mercanti.

Dois degraus serão a distância
para que meus pés não pisem
no vestido e então dois degraus
mais tarde chegarei
levemente atrasada
a preencher o espaço
remanescente – ah para as mãos
não há desculpas –
a transformar em carícias
as incertezas.

Due scalini saranno la distanza
perché i miei piedi non calpestino
il vestito e allora due scalini
piú tardi arriverò
leggermente in ritardo
a consumare lo spazio
che rimane – ah per le mani
non ci sono scuse –
a trasformarle in carezze
le incertezze.

Eu também serei mais bonita
diante do fogo aceso
na praça diante
da moça com chapéu.
Inclinou um pouco o rosto pensou
me reconhecer, se deu conta do engano.

Anch'io sarò piú bella
davanti al fuoco acceso
sulla piazza davanti
alla ragazza con il cappello.
Piegò un poco il viso pensò
di riconoscermi, s'accorse dell'errore.

Quantas tentações atravesso
no percurso entre o quarto
e a cozinha, entre a cozinha
e a privada. Uma mancha
na parede, um pedaço de papel
caído no chão, um copo d'água,
um olhar pela janela,
olá à vizinha,
um carinho na gatinha.
Assim sempre me esqueço
da ideia principal, me perco
no caminho, me decomponho
dia após dia e é em vão
tentar qualquer retorno.

Quante tentazioni attraverso
nel percorso tra la camera
e la cucina, tra la cucina
e il cesso. Una macchia
sul muro, un pezzo di carta
caduto in terra, un bicchiere d'acqua,
un guardar dalla finestra,
ciao alla vicina,
una carezza alla gattina.
Cosí dimentico sempre
l'idea principale, mi perdo
per strada, mi scompongo
giorno per giorno ed è vano
tentare qualsiasi ritorno.

A primavera se assombra com pequenas flores
e a incredulidade teria me dobrado de joelhos.
Mas como não me pertencem nem o céu
nem a terra, assim conduzo minhas palavras.
Para a mão poder se reerguer
à próxima batida
um bater de asas um bater de cílios
preciso do telefone.
Mas terei sempre de arrumar a cama
e arremessar travesseiros que se cruzam voando?
Cresça, ó descanso
e de mim não fique distante.

La primavera si adombra di piccoli fiori
e l'incredulità m'avrebbe piegato le ginocchia.
Ma come non mi appartiene né il cielo
né la terra, cosí io dirigo le mie parole.
Perché la mano possa risollevarsi
alla prossima battuta
un batter d'ali un batter di ciglia
ho bisogno del telefono.
Ma sempre dovrò rifare il letto
e gettare cuscini che s'incrociano volando?
Cresci, o riposo
e restami accanto.

Tão doce é ficar
e enxergar na imobilidade
soberana a beleza de uma parede
onde o fio da luz e a lâmpada
existem desde sempre
para garantir suas permanências.

Montanha de luz leque,
paisagens paisagens! como poderei
desenlaçar meus pés, como
descer – rainha dos penhascos
e dos abismos – com o passo involuntário,
com a mão que abre a porta, com a voz
que pergunta onde vou comer?

Dolcissimo è rimanere
e guardare nella immobilità
sovrana la bellezza di una parete
dove il filo della luce e la lampada
esistono da sempre
a garantire la loro permanenza.

Montagna di luce ventaglio,
paesaggi paesaggi! come potrò
sciogliere i miei piedi, come
discendere – regina delle rupi
e degli abissi – al passo involontario,
alla mano che apre una porta, alla voce
che chiede dove andrò a mangiare?

Tenho uma doença, é de nascença
daí enfim digo sempre
as mesmas coisas.

Sono malata sono malnata
e poi tanto dico sempre
le stesse cose.

À sombra de uma metáfora
me deem uma margarida
para que eu possa ter em mãos
a margarida.

All'ombra di una metafora
datemi una margherita
perché io possa tenerla in mano
la margherita.

Pouco de mim lembro
eu que em mim sempre penso.
Me desapareço como o objeto
por muito tempo observado.
Voltarei a falar
do meu brilhante desaparecimento.

Poco di me ricordo
io che a me sempre ho pensato.
Mi scompaio come l'oggetto
troppo a lungo guardato.
Ritornerò a dire
la mia luminosa scomparsa.

# “Se de mim não falo”: a voz de Patrizia Cavalli

Não perdi a surpresa e a emoção ao reler esses poemas de Patrizia Cavalli. É realmente uma imensa alegria lê-los em português. Parece existir uma fulguração recente que vem abrindo trilhas apesar de todas as dificuldades para uma maior circulação da poesia italiana entre nós. Nos últimos anos tivemos a tradução de nomes como Umberto Saba, Giorgio Caproni, Pier Paolo Pasolini, Goliarda Sapienza, Primo Levi, Valerio Magrelli, Enrico Testa, Fabio Pusterla, Eugenio De Signoribus, que falam por si só. A tradução de *Meus poemas não mudarão o mundo* de Patrizia Cavalli aumenta não apenas quantitativamente essa lista, mas oferece ao público brasileiro o contato com uma potente dicção poética, que é também performática. Esse é o primeiro livro de poemas de Cavalli publicado na Itália, pela editora Einaudi, com a qual ela também colaborou como tradutora de peças de Molière e Shakespeare.

A voz de Patrizia Cavalli é inconfundível pelo uso que faz da linguagem, numa harmonia às vezes dissonante, sendo seu grande tema o amor em suas mais diversas ramificações. Seus livros de poesia – no total são cinco, sendo o último *Vita meravigliosa*, publicado em 2020 – formam um verdadeiro *cancioneiro amoroso* com constantes incursões e infrações da tradição. A imediatez de Safo, os *spiritelli* e os objetos de Guido Cavalcanti, o *amor che nella mente mi ragiona* de Dante, o tormento de Petrarca, certas notas de Leopardi e a chamada linha *antinovecentista*,[1] da qual fizeram parte Umberto Saba e Sandro Penna, são algumas das tesselas presentes em sua trama. Do ponto de vista formal, portanto, o tratamento do tema amoroso se dá a partir do uso de medidas métricas mais clássicas e tradicionais ao lado de um léxico cotidiano e familiar, unidos pelo colante de uma sintaxe bem peculiar. Em uma entrevista de 2013, Cavalli não só reafirma o intenso diálogo com certa tradição, como também, depois de todas as experimentações do verso, confirma sua preferência pela métrica, pelo uso das rimas internas e das aliterações.

As idiossincrasias do cotidiano, os encontros e as rupturas, a paisagem urbana, o âmbito erótico, o espaço íntimo da casa, a verve teatral das relações humanas são aspectos importantes dessa escrita variada e ritmada. Os temperos e contradições do amor, desejo e traição, separação e aproximação são alguns dos movimentos trazidos por essa dicção muito singular, monologante e irônica, que tem uma prosódia marcada por cesuras e enjambements violentos e salvíficos. O corpo é um outro elemento explosivo e fun-

---

[1] Definição de Pier Paolo Pasolini para aqueles poetas que compartilham de um distanciamento da poesia pura e do hermetismo.

damental nessa poética: "Nem morte nem loucura irá me segurar: / um tremor das veias talvez / uma aguda risada, um entupimento / do sangue, uma embriaguez limitada".

*Meus poemas não mudarão o mundo* é composto por 54 textos, sendo a maioria deles não muito longos, até mesmo de uma única estrofe. O livro, além de ser dedicado a Elsa Morante, outro grande nome da literatura italiana da segunda metade do século XX, reafirma pela escolha do título a intensa relação de amizade e cumplicidade entre elas. Como fica claro desde o primeiro poema, que retoma o título do volume, há a renúncia a qualquer tipo de tomada de posição ideológica, que muito caracterizou certa poesia entre as décadas de 60 e 70 na Itália.[2] A escolha lexical, contudo, traz um posicionamento claro diante de uma ideia de cultura que recusa hierarquias e distinções entre alto e baixo, humilde e sublime, elevado e rotineiro. Termos como "astuta", "clave de violino" ou "perjura" dividem o espaço da página com "privada", "febre", "luvas", "calças novas". A aparente limpidez e clareza são cheias de dramaticidade e são também enganosas. A predileção pelo "eu", pela sua exposição, coloca em primeiro plano o que se poderia chamar de a física das paixões, do *pathos*. Talvez seja possível dizer que o princípio organizador de *Meus poemas não mudarão o mundo* é, justamente, o sujeito, humoral e instável, que traz em novas e reelaboradas vestes algumas problemáticas do "eu" dentro do espaço da casa, cheio de detalhes, junto com animais como gato, andorinha, águia.

---

[2] Cf. TESTA, Enrico. *Cinzas do século XX: três lições sobre poesia italiana*. Org. P. Peterle, S. de Gaspari. Rio de Janeiro: 7 Letras, 2016.

A tradução de Cláudia Alves escuta o outro de Patrizia Cavalli, até por ser ela uma estudiosa da literatura italiana, sem, contudo, esquecer-se de si. Há certamente momentos de grandes tensões trazidos por esse belo corpo-a-corpo do italiano com o português, por meio de Cavalli-Alves. Ler é escutar; traduzir, como já disse Calvino, é a melhor forma de se ler um texto, ou seja, de escutar a voz outrem, que naquele ato se mistura com a do leitor-tradutor. Nenhuma leitura é inocente ou neutra. Toda leitura é também uma exclusão de outras leituras que não foram ativadas ou, simplesmente, não se concretizaram; mas, sobretudo, é ainda o possível encontro com o(s) outro(s) que habita(m) em quem lê.

Depois de me deliciar nesses versos, escolho o último poema para mostrar mais algumas características dessa grande poeta.

> Pouco de mim lembro
> eu que em mim sempre penso.
> Me desapareço como o objeto
> por muito tempo observado.
> Voltarei a falar
> do meu brilhante desaparecimento.

Nesse curto poema constituído por uma única estrofe de seis versos, não temos o uso do hendecassílabo tão frequente na poesia da Cavalli. A métrica é livre, acompanhada de uma rima e de aliterações. O que interessa aqui é a exposição desse "eu", que é o sujeito dos quatro verbos principais e que ainda é trazido a partir dos complementos verbais, além de ser colocado em posição inicial nos versos 2 e 3. É somente no verso "por muito tempo observado" que não se tem a presença material do eu, talvez porque nesse momento o "eu", como anuncia o verso anterior, desapareceu como acontece com um objeto que é observado por muito tempo. Quantas questões são abertas com esses poucos e só aparente e enganosamente singelos versos? Além da construção teatral que faz parte dessa escrita, e que em outros poemas mais longos ganha um destaque maior, Cavalli evoca questões centrais como a lembrança, a memória, a relação com o próprio "eu". Há quase sempre uma sensação de vivibilidade extrema de cada momento, um viver apaixonado, entre "graça" e "desgraça", mais evidente talvez em outros versos ("Vai me dar a mão vai me dizer / 'até mais querida a gente se vê'"), que performa uma figuração verbal, um modo expositivo que pode conduzir até a poesia antiga, como assinalou Gianni Celati, um dos maiores narradores contemporâneos. A língua obsessiva e a obsessão pelo "eu", a brevidade da forma epigramática, o ego idiossincrático levado a certa monomania delineiam, enfim, o labirinto doméstico e linguístico desse "sempre aberto teatro", desse "eu singular próprio meu".

(Fevereiro 2021)
Patricia Peterle

# Índice dos poemas

## sobre a tradutora

Cláudia Tavares Alves é tradutora, professora e pesquisadora. Do italiano, traduziu textos de Pier Paolo Pasolini, Cesare Pavese, Amelia Rosselli, Franco Fortini, Goliarda Sapienza, entre outros. É doutora em Teoria e História Literária pela Unicamp e atualmente ensina no Departamento de Língua e Literatura Estrangeiras - Letras Italiano, da Universidade Federal de Santa Catarina.

## agradecimentos da tradutora

Gostaria de agradecer às mãos gentis de Bruna Kim, Danielle Chagas, Elena Santi, Helena Freddi, Marcelo Lotufo, Maria Betânia Amoroso, Mariana Ruggieri, Patricia Peterle e Tiaia Tavares, que contribuíram para que esta tradução encontrasse sua versão final.

Utilizou-se como referência a edição de *Le mie poesie non cambieranno il mondo* publicada na coletânea *Poesie (1974-1992)*, Turim: Einaudi, 1992.

ISBN 978-65-00186-13-0